AF593144

GRANDS ET PETITS HOMMES,

COUPS DE PLUME,

PAR

LE PRINCE DE LA TOUR DU LAY.

PRIX : 50 CENTIMES.

PARIS
P. H. KRABBE, LIBRAIRE-ÉDITEUR,
Rue Saint-André-des-Arts, 33,
et dans tous les bureaux de publications pittoresques.

1844

« Je sais un paysan qui se nommait Gros-Pierre,
» Qui, n'ayant pour tout bien qu'un seul quartier de terre
» Y fit tout alentour faire un fossé bourbeux,
» Et de monsieur de l'Isle en prit le nom pompeux. »

L'auteur de ce petit livre imite ici ce bon villageois de Molière. De roturier il se fait hobereau, s'improvise, ramasse des quartiers de noblesse sur les ruines d'un prieuré bâti par ses ancêtres, et dont il ne lui reste plus que le plan. Et déjà qu'on ne croie pas que ce soit de sa part vanité, calcul, désir d'exploiter, comme tant de nobles *in partibus*, un titre qu'il ne possède pas. Non, il ne se nomme prince que pour sauver sa chétive dignité de bourgeois, et aussi parce qu'il a l'intention de travailler quelquefois dans le goût des hauts personnages, c'est-à-dire de ne faire rien de bien grand. Sa conscience aurait peine, dans cette diversion à des travaux plus solides, à signer des œuvres qui ne sont pas littéraires, et qu'il écrit pour entretenir quelques relations avec ces esprits légers qu'on trouve aussi prompts à prendre congé d'un ouvrage qu'à lui rendre visite. Son but n'est pas cependant de viser au triomphe en suivant une marche clandestine; il accepte, derrière le rideau, la responsabilité morale de tout ce qui pourra sortir de sa plume, ne devant rien dire que ses sentiments ne doivent avouer. Son pseudonyme, pour les initiés aux mystères de ses futiles productions, va ressembler aux travestissements de ces gens déguisés qui retirent leurs masques après nous avoir bien intrigués.

Parmi les grands hommes que l'auteur salue tantôt avec courtoisie, tantôt d'une façon un peu brusque, il en est beaucoup qu'il estime, quelques uns même qui connaissent toute son amitié. Il pense qu'aucun ne voudra perdre son temps à le remercier, moins encore n'aura la sottise de lui conserver rancune. Quelques méchants bons mots ne sauraient être regardés comme une chose sérieuse; le poète en est si convaincu qu'il juge à propos de se maltraiter autant que personne, pour qu'on ne l'accuse pas d'être plus ennemi du prochain qu'il ne doit être ami de lui-même. Peut-être par là arrivera-t-il à mettre en pratique cette charité qui consiste à être sévère pour soi, indulgent pour autrui; peut-être par là se rendra-t-il digne de lancer un jour quelque noble satire contre la corruption de son siècle, afin de prouver la bonne et inutile intention qu'il a de le corriger.

Que si des colosses susceptibles se sentent réellement attaqués dans cet opuscule, qu'ils se consolent en voyant qu'ils ne sont pas renversés. Les coups que souvent ils se portent à eux-mêmes en se servant mal de leurs armes, leur causent plus de tort que l'escrime d'un prince sans expérience. Enrôlés pour la plupart dans un bataillon sacré, munis de sentinelles qui veillent sur leurs jours, qu'ils s'endorment avec ces vers d'un écrivain qui eut souvent trop d'esprit pour ne pas mériter d'être quelquefois critiqué.

Que peut contre le roc une vague animée?
Hercule tomba-t-il sous l'effort de Pygmée?

Hercule, en effet, a sa peau de lion pour étouffer le mirmidon, sa massue pour riposter aux plus violents coups de plume.

Quant à certaines âmes dévotes, dont les armes frappent en semblant ne pas sortir du fourreau, l'auteur pense que, prêchant toujours la paix, elles ne lui feront pas la guerre. Il les prie donc, en vertu du chapitre de l'*oubli des injures*, de lui pardonner les petites vérités qu'il leur dit et qu'il pourra leur dire par la suite. Il se recommande néanmoins, contre elles, à son indulgent patron *Saint Robert de la Tour du Lay*, espérant plus en sa piété naïve qu'en la foi louvoyante des chevaliers errants de la Vierge Marie; qu'en ces ambitieux paladins qui cherchent à planter l'étendard de l'hypocrisie sur toutes les maisons; à s'emparer, par une céleste maraude, des biens de la terre, pour se rendre souverains nécessaires, et donner un perpétuel démenti à un humble maître qui ne cesse de leur crier que son royaume n'est pas de ce monde.

Un mot encore : l'auteur engage les esprits clairvoyants à ne pas prendre pour histoire le conte qui termine ce volume. Il serait désolé qu'on transportât en Europe la scène qu'il a mise aux Indes. Une reine gracieuse, du reste, ne peut se plaindre qu'on soit assez ami de la vérité pour dire qu'elle règne sur son époux, quand c'est la loi qui le lui ordonne. Ne voit-on pas plus étonnante chose tous les jours? Dans nos simples ménages, de très faibles femmes ne gouvernent-elles pas leurs maris, ne prennent-elles pas sur eux l'empire que cette même loi leur défend ?... Puisse bientôt notre prince, dressé à l'école de la *brusque franchise*, mais qu'on ne saurait accuser de *flatterie bien bourrue*, n'être pas mis dans la nécessité de se désavouer, parce qu'une royale personne aurait cru devoir s'appliquer le *sic vos non vobis* !

Ruines de la Tour du Lay, 25 août 1844.

I.

Sur monsieur de Châteaubriand.

Châteaubriand, par son style suave,
Arme nos sentiments contre notre raison ;
Il dore les fers de l'esclave,
Sans jamais ouvrir sa prison.
Il poursuit avec art une sainte tactique,
Dans la religion taille une politique
Qui nous prouve souvent par sa rigidité,
Que le ciel n'en tient pas toujours l'autorité.
Au palais des Enfers il nous mène au spectacle ;
Constantin par sa plume est loué sans obstacle,
Lorsque pour l'Eternel, égorgeant de sa main,
Il vient couper la tête à l'Empire Romain !...
De la Foi qu'on exploite acceptons l'excellence;
Pour la mieux propager servons-nous de la lance ;
Dieu ne doit que supplice aux rebelles humains
Qui ne font pas gémir son autel sous les saints.
Dieu ! ne l'accusons pas : sa sagesse infinie
A créé notre cœur pour le voir, le sentir ;
Plaignons plutôt le calcul du génie
Qui, pour plaire, se croit obligé de mentir.
La pieuse Atala, le fier Abencérage
Ne tendent qu'à nous désunir;
Du Seigneur cependant si l'amour est l'ouvrage,
Pourquoi par lui Dieu vient-il nous punir ?
La religion exclusive,
Dans son cercle toujours force la vérité ;
Qu'importe la loi que l'on suive,

L'essentiel est que l'on vive
Pour le bien de l'humanité.
Que font le dogme et la pratique
Au tribunal de Jésus-Christ ?
Le juste n'est pas hérétique ;
Dès qu'on aime, nul n'est proscrit !
Si le martyr des Juifs, mieux que tous fait oracle,
Ce n'est pas par le faux miracle
Qu'exige l'œil pour voir le bien ;
C'est par le précepte sublime
Qui guérit, au moral, l'aveugle dans Solyme,
Et refuse au Pharisien
De montrer son pouvoir comme magicien !...
— O poétique auteur, ta magique parole,
Cherche à sauver, sur terre, une erreur qui console;
Mais pourquoi l'homme aussi mécontent de son sort,
Veut-il, soumis à vivre, être exempt de la mort ?
Pourquoi, dans son orgueil, son esprit, faible atôme,
Croit-il de son corps seul détacher un fantôme
Qui, s'enfuyant au firmament,
Du grand ordre établi brise le mouvement !
Tout pourtant nous enchaîne à la loi de nature,
Notre globe est, pour nous, la mère créature
Où les règnes divers vont entre eux se lier.
N'imposons pas notre espérance
Pour adoucir une souffrance
Qui n'est qu'un mal particulier.
Prenons l'amour pour foi: soyons bons, soyons hommes;
Ne nous divisons pas en voulant nous unir ;
Sans voir qui nous serons, regardons qui nous sommes,
Et jamais du passé n'assiégeons l'avenir.
Au trône du Seigneur ne portant point envie,
Mais vivant pour s'en approcher,
Content des jours qu'il eut, le sage rend sa vie
A qui lui permit de marcher ! (1).

—

II.

Sur Napoléon.

Quel homme pour la nation
S'il n'eut pas mis Rome dans Sparte (2),
Et si toujours Napoléon
Avait pu rester Bonaparte !...

—

III.

A VICTOR HUGO.

Quelques ouvriers littéraires
Que dépiste souvent l'originalité,
Moins habiles que téméraires,
Pour disputer ta vie à la postérité,
T'accusent d'inégalité.
N'ont-ils jamais observé la nature,
Où tant d'objets entre eux semblent être en rupture,
Et forment cependant des tableaux achevés ?...
Les abîmes sont faits pour les monts élevés !
Comme un fleuve, dans la vallée,
Poursuit, calme ou bruyant, sa course échevelée
Sans que l'eau se déforme aux pointes du vieux roc,
Va, marche avec ta force et sans craindre aucun choc;
Fuis la route battue et par tous aplanie :
L'art qui n'est pas en nous détruit notre génie.
La règle de l'artiste est dans la vérité ;
Toujours avant son siècle il voit l'humanité !

Laisse donc, ô Victor, l'artilleur de programme
Contre toi s'exercer à tirer le canon ;
En ôtant de toi ce qu'il blâme,
Il en reste assez pour ton nom. (3)

—

IV.

SUR ALEXANDRE DUMAS.

Alexandre Dumas, notre grand dramaturge,
Depuis qu'il a pris rang parmi les romanciers,
Afin de contenter l'appétit de Panurge,
S'entend tout bas, dit-on, avec quelques sorciers !
Changeant l'art en métier, pour piper la pratique,
On le voit chaque jour agrandir sa boutique.
Il ruine déjà le petit débitant
Qui, le trouvant partout, au Temple, au Prytanée,
Recherche par quelle menée
On parvient, en un mois, à publier autant
Qu'on peut écrire en une année !

—

V.

Sur Eugène Scribe.

Scribe sera bientôt un Lope de Véga,
Si nous devons compter par le nombre des œuvres ;
Nul auteur ne dialogua
Autant que ses zélés manœuvres.

Seul des siens le voyant venir au grand fauteuil,
A cheval sur le vaudeville,
Je me dis : c'est qu'en lui l'on récompense mille ;
C'est qu'il en sait plus long que le héros d'Auteuil ! (4)
Scribe entend la scène à merveille,
Comme il entend son intérêt;
En flattant l'esprit et l'oreille,
Il met en règle son livret.
Ses ouvrages musqués, frais, mais sans consistance,
Boitant sous l'aile de l'amour,
Fabriqués pour la circonstance,
Ne visent qu'au succès du jour !
Qu'ils l'obtiennent longtemps! Quant à moi, je suspecte
Ces petits-fils de Caldéron
Qui font leurs tissus clairs, comme certain insecte,
Pour mieux prendre le moucheron !

VI.

A FÉLIX PYAT.

La vérité n'est pas toujours très bonne à dire,
Il faut savoir garder son indignation ;
Il faut, pour être heureux, flatter plus que maudire,
Et laisser à chacun libre son action.
Vois quel mal le reptile cause :
Il fascine pour mieux nous lancer son venin,
Console toi pourtant ; c'est gagner une cause
Que de la perdre avec Janin.

VII.

A madame Anaïs Ségalas.

Lorsque l'on applaudit nos vers chez les humains,
La vérité n'est pas toujours au bout des mains.
Lisez-nous cependant vos douces poésies,
Faites pour s'envoler vers les âmes choisies.
Si je hais, chez la femme, un diplôme d'auteur,
Si je crois que l'esprit gâte en elle le cœur,
Vous venez noblement démentir mon présage,
En fixant, parmi nous, *les oiseaux de passage*.

VIII.

Sur le bibliophile Jacob.

Que devient le Bibliophile,
Après avoir fait son gros bruit?
Quel triste coton il nous file!
Ne peut-il plus briller comme un ver dans la nuit?
La poudre des bouquins lui tenait lieu de vivres!
Que diront les Parisiens
De le voir tant ami des livres,
Pour qu'on le soit si peu des siens?

IX.

SUR GEORGE SAND.

Sand, la nature assurément,
Pour qu'on t'aime ou qu'on te renie,
Paraît avoir de ton génie
Brisé le moule en te formant.
J'admire ta puissance d'âme :
De Staël tu rappelles la flamme.
Mais, avec ton talent, ta parole de roi,
Plaignons qui, voulant voir la beauté sous sa loi,
Songerait à prendre pour femme
Un homme comme toi !

—

X.

Sur Roger de Beauvoir.

Noble de cœur plus que de nom
Roger, seigneur de son village,
Va planter son léger pennon
Chez les gens de haut étalage !
Inconstant plus que des lecteurs,
Sujet au changement, comme tous nous le sommes,
Son destin veut qu'il soit, murmurent les flatteurs,
Gentilhomme chez les auteurs,
Comme auteur chez les gentilshommes.

—

XI.

Sur Barthélemy.

Voyez comme tout est fragile :
L'auteur de vingt succès choisis,
Cherche à se sauver chez Virgile,
Fouetté qu'il est par Némésis.
Est-ce ainsi qu'un grand satirique,
Dont le talent était l'appui,
Devait moins faire la critique
De notre siècle que de lui!
Ah! si nous montons pour descendre,
Plaignons nos besoins absolus ;
Un poète peut bien se vendre
Quand les vers ne s'achètent plus!

XII.

SUR ALFRED DE VIGNY.

L'aristocrate auteur du malheureux Cinq-Mars,
A-t-il droit d'attirer vers lui tous nos regards ?
On doit apprendre à le connaître
Par son style de petit-maître.
A le voir s'envoler dans ses chemins sablés,
Faits pour des pieds de bayadères,
On dirait, lorsqu'on lit ses ouvrages perlés,
Qu'il écrit pour les lapidaires.

XIII.

Sur Meyer-Beer.

Tous les esprits sont entraînés
Par son puissant génie et sa voix germanique.
Si le Bon Dieu se connaît en musique,
Les *Huguenots* ne seront pas damnés !

—

SUR ROSSINI.

Il eût inventé l'harmonie.
Pourquoi, dans ses travaux, s'est-il donc arrêté !
C'est, sans doute, qu'il croit sa carrière finie,
Et que, fatigué du génie,
Il veut se reposer sur l'immortalité !

—

Sur Meyer-Beer et Rossini.

A qui donnerons-nous le trône ?
Qui des deux nommerons-nous roi ?
Créons pour eux une Lacédémone,
Afin qu'ensemble ils y dictent la loi.

—

XIV.

SUR ALFRED DE MUSSET.

Musset le fantasque poète,
Dont l'hémistiche turbulent
Battait le cœur avec la tête,
Accusait un hardi talent,
Musset, pour s'égarer, perd-il déjà de vue
Le bout de son clocher jauni !
Ne veut-il briller sous la nue
Que comme son point sur un i (5) !

XV.

Sur M. Thiers.

Grâce au talent de Thiers, Paris est bien gardé ;
Il ne craint plus qu'on le saccage.
Qu'est-ce que l'oiseleur a jamais demandé ?
De voir les oiseaux dans la cage...
Thiers, l'ex-ami de Frétillon,
Thiers est, dit-on, léger, méprise les colères,
Des souverains en cotillon.
Pour le bien du pays s'il se montre brouillon
Il ne brouille pas ses affaires !

—

XVI.

SUR ALPHONSE KARR.

Karr, non pas cet enthousiaste
Qui dînait de l'*Exode* et de l'*Ecclésiaste*
Pour sermoner l'anglais Cromwell
En beau langage d'Israël,
Mais Karr notre fin scoliaste,
Lâche partout ses *Guêpes* pour sucer
Le meilleur fruit de nos corbeilles.
Ne voyant pas quel miel elles peuvent laisser,
Je fais vœu pour que les abeilles
Viennent bientôt les remplacer (6).
Mais qu'exiger du Cid de la littérature?
Ses duels seront connus de la race future.
Les brochets, ponr nager, vont lui donner le mot!
Lord Byron, près de lui, n'est déjà qu'un marmot!...
Vierge de Bon-Secours qui dors dans son alcôve,
Fais que, si par sa prose il n'obtient pas la croix,
Martin-pêcheur ait place à la table des rois,
Pour tous les cuirassiers qu'il sauve!

—

XVII.

Sur Eugène Guinot,

Vu sous l'uniforme de Pierre Durand.

Furet de nos salons, on dirait aujourd'hui
Que, comme Poinsinet, Guinot écoute aux portes;

Et qu'il a, pour servir sous lui,
Des éclaireurs de toutes sortes.
Il verrait, tant ses yeux pénètrent dans autrui,
Une aiguille à travers l'étui.
En style de cancans il nous passe en revue ;
Aussi, quand je l'entends vanter à tout propos,
Je jette Sterne au feu, puis je dis du héros :
Il faut bien que d'esprit sa raison soit pourvue,
Puisqu'il plaît tellement aux sots !

—

XVIII.

Sur Méry.

Le collaborateur de la *Villéliade*,
Du poème *Napoléon*,
S'est séparé de son Pylade
Pour vivre respecté dans son ambition.
Grâce à son louable divorce,
Dans son cœur, son esprit trouvant seul des secours,
Il vient nous prouver que toujours
L'union ne fait pas la force !

—

XIX.

SUR EUGÈNE SUE.

Sue aujourd'hui par ses *Mystères*
Et même par son *Juif-Errant*,

Sait, en remuant vos misères,
Trouver moyen de vivre comme un Grand.
A la gloire du siècle et peut-être à sa honte,
Il descend presqu'autant qu'il monte ;
Du grenier au salon, cherchant la vérité,
Cet auteur ferait plus pour la société,
S'il nous montrait l'homme qu'il croit connaître,
Non, toujours tel qu'il est, mais tel qu'il devrait être.
En mariant ainsi le noble et le honteux,
Il éloigne et bannit l'espoir de notre route ;
Si son système est que l'on doute,
Que n'a-t-il un succès douteux?
Son succès est, du reste, un effet du caprice.
Le public a toujours contre nous ongle et bec ;
Un torrent ne remplit souvent un précipice
Que pour rester bientôt à sec.

—

Le même, dans un de ses livres, (7)
Fait dîner un glouton héros
De douze ignames les plus gros,
Dont le moindre pèse dix livres.
Lorsque, de sa science imbu,
L'auteur nous fait tranquille, alègre,
Suivre cet appétit de nègre
Sans que son homme en soit fourbu,
Disons, pour compléter sa scène,
Que Gargantua forma la Seine
Avec l'Argenteuil qu'il a bu !

—

XX.

Sur Frédérick-Lemaître.

Chiffre toujours devant zéro,
A lui l'art de se contrefaire.
Nous faut-il donc voir Gennaro,
Pour entendre Robert Macaire !

XXI.

—

SUR H. DE BALZAC.

Balzac le grand observateur,
De nos mœurs l'historiographe,
Balzac chéri de tout lecteur,
Est maudit du seul typographe.
Jamais content de ce qu'il fait,
(Il est artiste par ce fait !)
Toujours avec son œuvre on le voit se débattre !
Lorsqu'il a triomphé de ses tortillements,
On peut dire à coup sûr, s'il produit deux romans,
Que son libraire en paira quatre !..
Balzac n'était pas né pour n'être qu'un auteur.
Il n'existe pas un notaire
Qui dresse mieux un inventaire...
Son style l'aurait fait commissaire-priseur,
S'il en eut eu le caractère.

—

XXII.

Sur Hippolyte Lucas.

Méritant qu'on le moule en plâtre,
Sans être cependant une divinité,
En librairie il est ce qu'au théâtre
On appelle une *utilité*.
Du journalisme on le nomme la crème :
Il ne médit jamais que pour nous obliger !
Il aurait droit au diadème,
S'il pouvait se servir lui-même
Aussi bien qu'il sert l'étranger.

—

XXIII.

Sur madame Louise Colet.

Louise Colet rivalise
Avec le premier érudit :
Malheur donc à qui verbalise
Lorsque l'Institut applaudit !...
Pour que son succès se consomme,
L'auteur montre un tact excellent,
En faisant l'éloge d'un homme
Qui souvent de son sexe a blâmé le talent.
Ah ! quand, au Capitole, on voit tant de Corinnes
Joindre à leurs tendresses si fines
Le pouvoir de nous souffleter,
Effacés sous leurs pèlerines,
Nous n'avons plus qu'à tricoter !...

Car si l'amour des vers chez les belles s'allume,
Si nos femmes, de Sparte écrasant la coutume,
Mettent leur devoir en volume,
Si, s'armant contre nous de lauriers triomphants,
Elles ne veulent plus qu'accoucher de la plume,
Quels hommes seront nos enfants!...

—

XXIV.

Sur Auber.

Bien moins profond que gracieux,
Auber d'un opéra fait une mosaïque.
Ne pouvant s'élancer de l'enfer vers les cieux,
Il met notre esprit en musique.

—

XXV.

A Bernardin de Saint-Pierre.

Tendre Bernardin de Saint-Pierre,
Le monde, qui t'a dit méchant,
Mit son ombre sur ta lumière,
Jugea de toi par son penchant!...
C'est son existence insensible
Dont ton sentiment dut s'aigrir,
Qui te rendit inaccessible
Quand ton cœur brûlait de s'ouvrir!...

Ah ! devant ton noble génie
Qui voit l'harmonie en tout lieu,
Auteur de *Paul et Virginie*,
Je te dis inspiré de Dieu !

XXVI.

SUR PAUL DE KOCK.

Quoique n'ayant jamais prêché les Corinthiens,
Paul de Kock n'a pas moins de gloire ;
Il est plus goûté des chrétiens
Que son patron de si sainte mémoire.
Gros bouffon, les amants par lui
Vont au bois cueillir les noisettes :
S'il se fait ennuyeux, pour dissiper l'ennui,
Ses livres sont encor la Bible des grisettes !

XXVII.

Sur les Jésuites.

Que ne renaît-il un Pascal
Pour rendre justice aux bons pères
Qui, sous l'habit patriarcal,
Cachent le venin des vipères !
Ennemis de nos libertés,
Bien pourtant qu'ils en disconviennent,

Les voilà tous qui nous reviennent,
Si jamais ils nous ont quittés !
Fidèles à leur unique ordre,
Sous l'étendard de Loyola,
Ils font leur bonheur du désordre,
Sans éclater comme Attila !
Mais pourquoi chasser aux jésuites ?
Nous croyons-nous aussi fort qu'eux ?
Sanchez, Escobar et leurs suites
Terrassent les plus belliqueux !
Irons-nous, petit que nous sommes,
Dans leurs vertus chercher du fiel ?
Qu'ils soient en guerre avec les hommes,
S'ils sont en paix avec le ciel !..
Ils ont de la Californie
Exploré les bords dangereux ;
Ils ont déployé du génie
Pour rendre au désert les Hébreux !
Ils ont guéri les maux de Rome,
En y portant le quinquina ;
Ils ont tué plus d'un grand homme,
Du moment qu'il les taquina.
Ils ont de nos vieilles duchesses
Attendri les cœurs endurcis,
Ils ont augmenté leurs richesses,
Sans rien céder aux Circoncis !
Honneur aux gens noirs de la France !
— Peuple et ver dans la nation, —
Remettons-leur l'*Instruction*,
Pour qu'ils exploitent l'ignorance !
O vous qui rêvez l'unité
Pour faire un vrai ciel de la terre,
Suivez avec avidité
Leur droit céleste et militaire !
Ils sont les disciples du Christ ;
Plus souvent ils en sont les maîtres !

L'Evangile est leur seul écrit :
Chez eux pas de lois sur les traîtres !
En vérité je vous le dis :
Leur œuvre est grande et méritoire ;
Pour nous vendre le Paradis,
Ils ont trouvé le Purgatoire ! (8)

—

XXVIII.

Sur Sainte-Beuve.

De mots longs d'une toise,
De grands mots qui tiendraient d'ici jusqu'à Pontoise (9),
Sainte-Beuve l'entortillé
Voit souvent son style habillé.
Sur son tour il passe et repasse
Tout le clinquant de son savoir,
Et s'envole tant dans l'espace,
Qu'on finit par ne plus le voir !
Laissons-le, se jouant dans ses vagues caprices,
Parler son langage affecté,
Quand sa devise est *Volupté,*
Peut-être quelque jour fera-t-il nos délices !

—

XXIX.

SUR HECTOR BERLIOZ.

Contre son tintamarre où trouver des refuges ?
Est-ce un musicien corybante ou français?

J'ai bien peur que toujours il perde son procès
S'il n'a pour lui que ses *Francs Juges*.
Que de cuivres, bon Dieu ! dans un seul festival !
Croit-il qu'un chaudronnier veuille être son rival?....
La musique, après tout, est peut-être un délire...
En Allemagne, il sait, dit-il, faire pleurer...
Je l'ignore, lecteur : ce que je puis jurer,
C'est qu'en France il fait souvent rire.

—

XXX.

Sur madame Ancelot.

Avec son esprit fin, son ambitieux zèle,
Elle veut rétablir le cercle de Ninon...
Pourquoi donc au dehors cite-t-on peu son nom ?
C'est que son public est chez elle !

—

XXXI.

A Carle Elschoët.

Notre ami Carle Elschoët, qui fis plus d'un Triton
De la place de la Concorde,
Vouas-tu les enfans de Neptune à Pluton,
Qu'ils semblent au passant crier miséricorde?

En revanche, ton atelier,
O sculpteur, est souvent rempli de belles choses !
Tout beau talent peut s'oublier ;
Sans épines, jamais de roses !

—

XXXII.

SUR LES COMMUNISTES.

A l'ombre des propriétaires
On voit surgir des téméraires,
Disciples de Tibérius,
Qui, sans nous montrer ses vertus,
S'efforcent, par des lois agraires
De fixer le sort des élus.
Leur secte, dite communiste,
Veut que tout se mette en commun ;
Que l'un de l'autre on se rende engagiste ;
Par ce grand système chacun,
Sur la foi du serment, perdant ce qu'il possède,
On verra qu'un beau jour aucun
N'aura rien de ce qu'on lui cède !

—

XXXIII.

Sur Théophile Gautier.

Gautier, le Samson de la *Presse*,
Qui se plait à s'empanacher,

Qu'une large coiffure oppresse,
Sous laquelle il le faut chercher,
Gautier qui, du fond de son antre,
Fait trembler gros et petit chantre,
Voit partout exaucer ses vœux :
Mais qu'il prenne garde à sa nuque !
Si jamais il devient perruque,
On pourra le prendre aux cheveux !

XXXIV.

SUR M. PRADIER.

Quand dans le marbre il taille des humains,
S'il polit tant les *chairs* et les *plis* qu'il arrange,
C'est qu'il a peur de s'écorcher les mains
Avec ton ciseau, Michel-Ange !

XXXV.

Sur Frédéric Soulié.

Soulié, pratiques-tu le système des *bornes* ?
Ton diable t'aurait-il donné des coups de cornes ?
N'entends-tu pas se plaindre Montaigu
De voir son père à l'Ambigu ?...
D'autres portes te sont ouvertes,

Soulié ; reviens à toi pour réparer tes pertes !
Imite le saule étêté
Qui, mutilé qu'il est, laisse encore en été,
Sur son tronc vermoulu, pousser des branches vertes.

—

XXXVI.

A PROPOS DE LA QUERELLE D'ALEXANDRE DUMAS ET DE JULES JANIN.

A monsieur Janin le caustique,
Dumas, tu viens de répliquer ;
Nous savions tous que sa critique
N'offrait que trop à critiquer.
Incapable d'être homme grave,
D'être poète ou prosateur,
Il n'avait qu'à courir esclave
Insulter le triomphateur.
Historien de son ménage,
Plus d'une fois il nous apprit
Qu'il tient du fou du Moyen-Age,
Qu'on méprisait pour son esprit !

—

XXXVII.

Après une lecture des Ruines, de Volnay.

O célèbre penseur qui parcourus les mondes,
De l'arbre social rassemblas les émondes,

Fis, sur leurs révolutions,
Du fond des vieux tombeaux, parler les nations,
Ta science, en cherchant comme elles ont dû naître
Et comme elles ont dû finir,
A trouvé moyen de connaître
Par le passé notre avenir !...
Tes méditations sont des œuvres divines
Que l'homme peut fêter partout ;
Souvent plus de grandeur règne dans tes ruines
Qu'en bien des monuments qui se montrent debout!...

—

XXXVIII.

Sur Duprez.

Duprez, de l'Opéra la planche de salut,
Dont le gagne-pain était l'UT,
Duprez que Maurice diffâme
Parcequ'il chante moins pour lui que pour sa femme;
Riche par le trépas du marquis des Marais,
Se moque des journaux et de tous leurs congrès.
Quand il n'a plus besoin d'être un chanteur céleste,
Enfant chéri de Jehova,
Il se dit : « Si ma voix s'en va,
La fortune du moins me reste. »

—

XXXIX.

SUR ÉLIE BERTHET.

Salut, ô grand prophète Elie !
Auteur de vingt petits lambeaux !
Si ta cuisinière t'oublie,
Tu peux compter sur les corbeaux !
Je ne te dirai pas : écoute !
Pour t'indiquer d'où vient le vent ;
Tu dois bien connaître ta route,
Tu suis la même assez souvent !...
— C'est toujours l'homme à barbe blanche
Qui s'enfonce en un chemin creux,
C'est la fille à la svelte hanche,
Qui l'escorte d'un air peureux !
C'est le menu peuple qu'on trompe,
Qui par toi voit ses maux finis,
Qui chante en tes écrits victoire à son de trompe,
Pour aller se mourir au faubourg Saint-Denis !...
Fais tomber ton esprit dans les maigres cervelles,
Va conquérir des écussons,
Berthet ! mais souviens-toi que tes jeunes nouvelles
Ne sont que de vieilles chansons !

—

XL.

Contre les Anglais.

Les orateurs de l'Angleterre,
Depuis l'affaire de Maroc,

Menacent d'effacer la France de la terre,
Parce qu'ils sont forts de leur roc.
Ils veulent qu'on détruise Rome ;
Mais s'ils ont lu l'histoire des Romains,
Ils doivent voir que,malgré son grand homme(10),
Carthage tomba sous leurs mains !

XLI.

SUR LISTZ.

Listz, l'empereur du piano,
Décoré d'un tudesque sabre ;
Listz, pour un *si*, Listz pour un *do*,
Comme un noble alezan se cabre.
Pourquoi ses mines d'effrayé ?
A-t-il peur qu'on ne lui rapporte
Les bouquets vendus à la porte
Par le *fanatisme payé* ?
Quand l'amour-propre le rend maigre,
Plus que s'il buvait du vinaigre,
Veut-il voir, par ses gens foulés,
Ses deux fiers souliers dételés ?

XLII.

Sur Louis Desnoyers.

Assis au *Siècle* et se croisant les jambes
Sur son trône du feuilleton,

Desnoyers, le grand chef de nos auteurs ingambes,
Par le *Charivari* vint rabattre leur ton!
Quels lauriers a-t-il donc gagnés dans la bataille,
Pour que de son faux sceptre il frappe sur autrui ?...
Ne vous fait-il l'effet d'un jardinier qui taille
Des arbres bien plus hauts que lui !

—

XLIII.

Sur MM. de Genoude et de Lamartine.

Saint de Genoude, en ses pages dévotes,
Réclame le suffrage universel. — Pourquoi ?
C'est qu'il se dit : — Dans tant de votes,
Il en peut tomber un sur moi ! —
Lamartine, en retour, comprenant mieux la loi,
Sans parler, comme lui, par la voix du prophète,
Se montre homme d'Etat, tout en restant poète.
Pour détruire l'espoir des esprits féodaux,
Dans sa réforme électorale,
Il rapproche deux sœurs qui se tournent le dos :
La Politique et la Morale.

—

XLIV.

SUR ADOLPHE NOURRIT.

J'ai vu, pour en gémir, la fatale fenêtre
D'où son corps est tombé, se broyant sur le sol !

D'où son âme, vers le grand Être,
Dans un transport brûlant, a pu prendre son vol !
Lorsque l'envie au loin le poussa de son aile,
Pleurant de voir Robert près de Polichinelle,
Au bruit sourd d'un volcan il souffla son flambeau !
Ingrats, qui chérissiez son talent, sa personne,
Jetez-lui donc encor couronne sur couronne :
C'est ce qu'on met sur un tombeau !

—

XLV.

Sur M. Ponsard.

Honneur à toi, Ponsard ! les tyrans de la presse,
Presque autant que ta plume, ont produit ta *Lucrèce*.
A Paris comme à Rome on soutient la beauté,
Qui, par l'aveugle amour au déshonneur réduite,
Fut, on ne sait comment, séduite
Par le fils de Tarquin, que la postérité
N'a pas flatté (11).
Sans ici sur l'histoire élever de dispute,
Sans remonter à la raison
Qui, contre un roi superbe, arma le rusé Brute
Pour prendre place en sa maison ;
Sans juger possible une chute,
Je voudrais voir cent fois ta Romaine, ô Ponsard !
Venger, pour le caissier, sa vertu du poignard !...
Mais surpris, le premier, qu'on te nomme un grand maître,
Quand ton jour est trop beau pour ne pas s'obscurcir,
Crains d'avoir à te dire : — Hélas ! quel est le traître
Qui m'a fait si bien réussir ?...

—

SUR LA REPRISE DE LUCRÈCE.

J'avais bien dit, sans être un grand prophète,
Que *Lucrèce* essuirait bientôt une défaite.
Pourtant maître Briffaut,
O candide Ponsard, ne t'a pas fait défaut !...
Prends le deuil avec la réclame,
Bats-toi les flancs pour t'inspirer :
S'il faut trois ans pour enfanter un drame,
Un jour suffit pour l'enterrer !

. . . .

Auteur naïf, qui vois ce que rapporte
L'éloge outré, crains de te regarder
Comme un géant ; surtout ferme ta porte
A l'imprudent qui te vient *ponsarder* !

XLVI.

Sur Mademoiselle Rachel.

Dans son corps faible, une âme vive
Semble gémir comme en une prison;
C'est un fleuve qu'on aime à suivre à l'horizon,
Qui reflète le Ciel et ravage sa rive.

XLVII.

Sur M. Mollevaut.

Mollevaut est de l'Institut :
Les quais sont bordés de ses œuvres !
Il peut leur envoyer, en passant, un salut,
Et venger les auteurs manœuvres!
Mollevaut a traduit avec avidité
Presque toute l'antiquité !
Libraires, qui voulez débiter ses églogues,
Demandez qu'il vous fasse voir
Ses cartes de visite : — elles ont le pouvoir
De vous servir de catalogues (12).

—

XLVIII.

SUR P.-J. DE BÉRANGER.

S'il n'a voulu qu'un nom : celui de chansonnier,
S'il n'est pas un héros de Rome,
Pour voir son pays libre il devint prisonnier :
C'est tout un peuple dans un homme !

—

XLIX.

Sur Molé-Gentilhomme.

Si vous voulez qu'on vous renomme,
Adoptant un style plus plein,
Notre bon ami Gentilhomme,
N'écrivez pas comme un vilain.
Les Cervante autrefois, en faisant un beau livre,
Pour toujours exister, tombaient de faim souvent ;
Aujourd'hui sans chef-d'œuvre un auteur trouve à vivre,
Mais pour mourir de son vivant.

—

L.

Sur Casimir Delavigne.

Je voudrais saluer Casimir Delavigne ;
Je le cherche et ne le vois plus.
Dieu l'a retiré de sa vigne ;
Honneur à son talent, respect à ses vertus !
Si, sans haine, pourtant, il faut que je le fronde,
Je dirai que, volant entre le ciel et l'onde,
Je dirai que, ni chaud, ni froid,
Il sut, soufflant son potage et son doigt,
Le mieux porter l'habit de tout le monde.

—

LI.

SUR F. DE LAMENNAIS.

François de Lamennais, premier prêtre de France,
Dans la religion ne voit qu'indifférence ;
Mais que lui fait, au fond, qu'on néglige le ciel,
Que nos cœurs soient ingrats comme ceux des couleuvres ;
Pour notre vrai croyant, le point essentiel
Est que l'on s'arrache ses œuvres !

—

LII.

Sur les bustes de Voltaire et de Rousseau.

On met, sur la même console,
Le plâtre de Voltaire et celui de Rousseau,
Pour faire un logique tableau
Des deux géants de la parole.
Toujours prêchant la paix au genre humain,
Toujours divisés dans leur vie,
Il fallait bien, pour déjouer l'envie,
Que morts ils se prissent la main !

—

LIII.

Sur Emile Deschamps.

Par élection des Quarante,
Deschamps veut se rendre immortel !
Que sa muse persévérante
Use force chapeaux à saluer l'autel.
Il faudrait être une momie,
N'avoir été jamais imprimé sur vélin,
Pour ne pouvoir entrer droit à l'Académie,
Comme un âne dans un moulin (13).

—

LIV.

Sur monsieur de Cormenin.

Mordant comme Courier, un peu moins littéraire,
Le tribun Cormenin s'attaque à l'arbitraire !
Logique et franc dans ses calculs,
Il sait ouvrir les yeux aux hommes les plus nuls.
Son style, bien qu'ami des pompeuses syllabes,
Montre par *a* plus *b* ce qu'on veut nous ravir...
S'il n'a pas inventé les chiffres des Arabes,
Il prouve qu'il peut s'en servir !

—

LV.

SUR EDGAR QUINET ET MICHELET.

Pour faire aux faux dévots une juste poursuite,
Edgar et Michelet unissent leur talent ;
Nous pouvons croire en lui, le juger excellent
Par le mal qu'en dit le jésuite !
Nobles cœurs,combattez les rois de Pampelune (14).
Ayez le coup-d'œil prompt et le pied montagnard :
Les bâtards de Jésus ont deux armes contre une :
D'abord la plume, ensuite le poignard !

—

LVI.

Sur mesdames Dorus-Gras et Stoltz.

Voyez le contraste nouveau !
Pour obtenir notre bravo,
Pour se rendre la voix plus claire,
L'une avale un bouillon de veau
Quand l'autre prend son petit verre !

—

LVII.

Sur Old-Nick.

Old-Nick qui nous ouvre la Chine
Que Robert Peel va nous fermer,

Old-Nick qui souvent nous *échine*,
(Passez-moi le mot pour rimer),
Veut ressusciter la critique,
Mais pour la mettre au rang qu'elle doit occuper,
Manque tout le premier à la dialectique,
Et n'attaque les gens que pour mieux se frapper.

LVIII.

A SHAKSPEARE.

Qui t'apprit si bien, ô Shakspeare !
A lire dans l'humanité ?
Nul ne vient de ton art te disputer l'empire ;
Ton sceptre par toi seul ne peut qu'être porté !
Profond comme Corneille et grand comme Molière,
De ta plume toujours sortit la vérité :
Tout aussi bien qu'*Horace* et le *Festin de Pierre*.
Hamlet, *Falstaff* vivront de toute éternité !..
O poète du monde, en ta verve infinie,
As-tu, comme Popilius,
Fait un cercle autour du Génie,
Pour qu'il n'en sorte plus !

LIX.

Sur Emmanuel Gonzalès.

Jeune rejeton de Castille,
Né dans l'État de Monaco,

Gonzalès, dont le drame autour du cœur sautille,
Vise au terrible effet, galope, se tortille,
Pour prendre au *Siècle* un numéro,
N'es-tu donc pas encor gradé de Salamanque,
Toi qui fais déjà tant florès à Paris !
Ton triomphe vient-il de ce qu'il ne te manque
Que d'avoir bien appris
Le langage de ton pays ? (15)
Oh ! de ce pays de Cocagne,
Quand je te vois sortir, et tromper le succès,
Je veux faire un tour en Espagne,
Pour apprendre à parler français !

—

LX.

Sur madame E. de Girardin.

La spirituelle Delphine,
Qui mêle au sérieux l'observation fine,
Vient, au grand Théâtre-Français,
D'obtenir un demi-succès.
Au lieu de nous chanter les rives de Salerne,
Faut-il qu'un cœur habile et généreux,
Du temple de l'amour nous fasse une caverne ?
Ne pourrait-il choisir un sujet plus heureux
Que *Judith* se livrant pour tuer Holopherne!

—

LXI.

SUR DUPIN AINÉ.

Dupin Premier, Dupin le Grand,
Dont l'éloquence un jour gémira d'être veuve,
Dont la parole est comme un fleuve,
Ne craint pas le petit torrent.
Loin de s'y fixer dans la crotte,
A descendre son cours il prend de la vertu.
Comme un sapin dans les eaux abattu,
Plus il vieillit et plus il flotte.
Dupin est un flatteur bourru
Qui lance le doux mot tout cru,
En priant son roi qu'il excuse
La franchise dont il s'accuse !
Dupin ne sait pas se farder...
Soit dit pourtant sans qu'on l'offusque,
Pour qui veut bien y regarder,
Il est plus poli qu'il n'est brusque.

LXII.

Sur Albéric Second.

Grand Albéric Second, prince issu des Vandales,
Qui ne vas pas combattre une guisarme en main,
Mais qui peins les petits scandales
Que tu trouves sur ton chemin ;

Quand donc cesseras-tu, par ton papillotage,
De t'engourdir sur ton sommier ?
Et, le Second dans ton village,
Quand deviendras-tu le Premier ?

—

LXIII.

Sur Prosper Mérimée.

Le grave Prosper Mérimée,
N'a pas volé sa renommée :
Il prend la science à deux mains
Pour étudier les Romains.
Docteur en archéologie,
Quand dans les monuments il trouva son appui,
Puisse-t-il ne pas voir, sur sa route élargie,
Son fier Catilina conjurer contre lui !...

—

LXIV.

SUR PAUL DELAROCHE.

Paul Delaroche est aimé, recherché.
Son talent plaît, parce qu'il est léché !
Aurait-il pu s'attirer nos suffrages,
Si le public qui le vient louanger,

Si le public, pour le voir, le juger,
N'ouvrait les yeux plus que ses personnages ? (16)

—

LXV.

Sur Louis Lurine.

Lurine le vaudevilliste,
Aujourd'hui change de métier.
Des auteurs sérieux voulant grossir la liste,
Dans notre beau Paris il met le monde entier. (17
C'est de sa part très noble chose ;
Mais si grand que soit son renom,
Je doute fort qu'avec son nom,
Ses ouvrages sentent la rose.

—

LXVI.

SUR H. DE LATOUCHE.

Notre adroit causeur De Latouche
Charme beaucoup plus qu'il ne touche.
Sorti de sa *Vallée aux loups*
Où tous les moutons peuvent paître,

Tapissier ou digne de l'être,
Il met à ses meubles des clous.
Si jamais, d'une main amie,
Il consentait à retaper
Les fauteuils de l'Académie,
Il aurait de quoi s'occuper.

LXVII.

A Félix de Servan.

J'entends souvent dire à l'artiste
Qui vante pour être vanté,
Que la plume du journaliste
Nous mène à l'immortalité.
Libre, exempt de ces coteries
Qui viennent trôner sur des riens,
Donne cours à tes rêveries
Sans te mêler aux Prétoriens!
Loin de toute indigne manœuvre,
L'homme de cœur et de talent,
Poursuit en silence son œuvre,
Calme en un siècle turbulent.

LXVIII.

Sur Arsène Houssaye.

Au dix-neuvième siècle Houssaye
Dans la pastorale s'essaie.
Il étale au soleil ses petites couleurs,
Va comme un colibri se poser sur les fleurs.
O vous, Estelles, Galathées,
Qui savez roucouler dans de tendres vergers,
Vous que l'esprit du jour a trop emmaillotées,
Courez, avec Arsène, admirer vos bergers.

—

LXIX.

Court dialogue de deux habitués du Théâtre-Français,

A UNE REPRÉSENTATION DES ENFANTS D'ÉDOUARD.

—Quel est donc cet acteur au visage de bronze?...
—Qui représente ici Richard Glocester? — Oui.
—C'est le fameux Ligier. — Eh, mais, c'est inoui!...
J'aurais juré voir Louis-Onze!

—

LXX.

SUR ÉMILE SOUVESTRE.

Dans ses histoires de Bretagne,
Pour plaire aux bourgeois de Paris,
Le gros Souvestre fait sortir d'une montagne
Une souris.
Bien qu'il travaille en conscience,
Comment n'a-t-il pas la science
De faire croire à ses romans ?
—C'est qu'il est né près des Normands.

LXXI.

Sur Bouchardy.

La fortune, dure à fléchir,
De Bouchardy, dit-on, remplit les poches ;
Le *Sonneur de Saint-Paul*, content de l'enrichir,
A-t-il, pour lui, fondu ses cloches ?

LXXII.

A MESSIEURS LES AVOCATS

au sujet de leur affaire contre monsieur le premier président Séguier.

Contre un seigneur inviolable,
Osez-vous bien tous vous liguer?
Devient-il plus noir que le Diable,
Pour avoir dit, *au préalable*,
Que vous ne saviez qu'intriguer?...
Inclinez-vous devant lui, bons apôtres!
Si la justice a ses excès,
Dandin, qui juge et condamne les autres,
Ne peut pas perdre son procès.

—

LXXIII.

A Th. Salmon.

Élève d'un illustre maître (18),
De celui qui toujours jure par Raphaël,
Pourquoi ton beau talent ne te fait-il connaître?
C'est que, méritant trop de l'être,
Il ne cherche jamais à tromper Israël.
Marche seul! on est fort dès qu'on ose entreprendre.
Au milieu des clameurs, suis ta route, ô Salmon!

Ce fut en traversant le désert qu'Alexandre
Se vit proclamer fils de Jupiter Ammon !

LXXIV.

SUR LOUIS DUFRÊNE.

Redoutant quelque pulmonie,
Dufrêne, l'élégant piston,
A pris congé de l'harmonie,
Vit retiré dans son canton.
Il va, cultivant ses légumes,
Se moquant du bal et des rhumes,
Gérer le bien de son couvent.
S'il ne souffle plus dans son cuivre,
Il conseille, à qui veut le suivre,
De savoir profiter du vent !

LXXV.

Sur Berryer.

Gloire au député de Marseille !
Comme tout avocat, c'est pour lui qu'il conseille !

Quand il parle dans un débat,
Pour attendrir son auditoire,
Il pleure pendant le combat,
Pour mieux rire après la victoire (19).

—

LXXVI.

SUR MONSIEUR MARLE.

Un savant du temps du roi Charle
Veut qu'on écrive comme on parle,
Et, dans le mode qu'il prescrit,
Pour nous convaincre, monsieur Marle
Parle souvent comme il écrit.

—

LXXVII.

Sur Beauvallet.

On dit que Beauvallet n'est pas une merveille.
Quand un auteur m'endort aux Français, Lui m'éveille
De ses rôles souvent il se montre vainqueur.
Si son énorme voix, qui n'a point sa pareille,
N'arrive pas toujours au cœur,
Elle frappe du moins l'oreille.

LXXVIII.

A ÉDOUARD P...

Auteur d'un sage *itinéraire*,
Auteur de tableaux bien compris,
Artiste à Naple, artiste au Caire,
Tu fais l'architecte à Paris !
Dans la grande cité n'est-il plus de modèle
Qui veuille te rester fidèle ?...
Quittes-tu les arts, mon garçon ?
Non ; je crois que tu veux imiter Michel-Ange
Qui fut, par son génie étrange,
Barde, peintre, sculpteur, général et maçon.

LXXIX.

Sur Charles de Bernard.

Respectable Crésus de la littérature,
Bernard peut à son aise observer la nature.
De beau garde du corps il devient bon auteur.
Pour s'échauffer la tête il s'entoure de flamme...
Tué par le travail, on dirait qu'il rend l'ame
Pour mieux vivre chez son lecteur !
Il lui faut son café, comme à Voltaire, à Tasse.
Sans le boire il ne peut retracer nos ennuis !

Chez lui, la Vérité ne sort jamais d'un puits,
Elle sort d'une demi-tasse !

—

LXXX.

Sur Henri Berthoud.

Berthoud ne chante pas les rives du Scamandre.
Pour lui c'est toujours Flandre et Flandre.
Dans sa plaine à lui-même il livre cent combats,
Tant souffle contre lui le vent des Pays-Bas.
Son talent semblerait moins mince,
Si, parfois dans sa pauvreté,
Des lourds esprits de sa province
Il étalait la propreté !
Quand il vient nous ouvrir sa froidasse chaumière,
Supplions-le, s'il veut qu'on le nomme divin,
De nous donner bien moins de bière
Et de nous offrir plus de vin !

—

LXXXI.

SUR LÉON GOZLAN.

Léon Gozlan, toujours sûr de sa vente,
Au grand style attelé, le conduit au galop ;

La nature, chez lui, ne mettant rien de trop,
Ce qu'il ne voit pas, il l'invente !

—

LXXXII.

Sur Michel Masson.

Masson, romancier populaire,
Dans ses tableaux du coin du feu,
Aux bons bourgeois sait toujours plaire,
Parce qu'il les fatigue peu.
De son vivant cherchant à vivre,
Calme et suivant son petit train,
Notre grand homme fait son livre
Comme un boulanger fait son pain !

—

LXXXIII.

Sur Alfred des Essarts.

Des Essarts fait des vers en l'honneur de Molière ;
Il ne s'amuse pas à gémir sous le lierre.
Pourquoi de l'Institut n'a-t-il pas eu le prix
Qu'obtient Colet par ses épithalames ?

Pourquoi? répondra-t-il, pourquoi?—C'est qu'à Paris
On a des égards pour les dames!

—

LXXXIV.

SUR ALPHONSE ROYER.

L'ami Royer de son bout d'aile
Ne nous écrit plus de romans.
Qu'on ne s'étonne pas qu'il nous soit infidèle :
Il vient de chez les Musulmans.

—

LXXXV.

Sur Madame Dorval.

Des drames anguleux premier soutien jadis,
Dorval à l'Odéon trouvait son paradis,
Pourquoi donc maintenant *Adèle* est-elle triste ?
C'est de voir qu'*Antony* soit mort et qu'elle existe.

—

LXXXVI.

Sur Goëthe.

Aux profondeurs de l'ame il chercha l'harmonie,
Et vit dans la nature une amère ironie.
Etait-il irrité de n'être qu'un mortel ?
Non, disons qu'il fut un génie,
Qui s'assit sur l'Enfer pour admirer le ciel.

—

LXXXVII.

SUR E. MARCO DE SAINT-HILAIRE.

Chantre *ad æternum* de l'Empire,
En argot de bivouac venant dialoguer,
De l'empereur il ne s'inspire
Que pour le faire divaguer.
Tout haut il nous répète avec un soin extrême,
Ce que Napoléon se disait à lui-même.
Tite-Live du vieux grognard,
Quand sa plume est peut-être un débris d'étendard,
Quel prix obtiendra-t-il pour ses travaux solides?
On devrait bien, *de par le roi*,

Aux Chambres voter une loi,
Pour l'envoyer aux Invalides.

—

LXXXVIII.

Sur Jules Sandeau.

L'un des auteurs de *Rose et Blanche*,
Fit avec Du Devant un partage galant ;(20)
L'un prit moitié du nom, l'autre alors en revanche
Prit moitié du talent.

—

LXXXIX.

Sur madame Charles Reybaud.

Que vois-je en sa ligne de comptes ?...
— Qu'elle a des lecteurs ici bas,
Et qu'elle tricote ses contes
Comme elle tricote ses bas.

—

LXXXX.

Sur Gavarni.

Le crayonneur Don Gavarni
Qui croque si bien la lorette,
Reste à l'écart comme un banni,
Lorsqu'on l'invite à quelque fête.
Quand chacun prodigue son feu,
Pourquoi froid, concentré dans ses académies,
Avec tout son esprit nous parle-t-il si peu ?
C'est qu'il fait ses économies !

—

LXXXXI.

SUR EUGÈNE BRIFFAUT.

Briffaut, l'ogre rieur, le critique colère,
Montre *Paris dans l'eau*, dans l'espoir de mieux plaire.
Trop de fois le public a manqué le goujon,
Pour vouloir avec lui faire encor le plongeon !

—

LXXXII.

Sur Lord Byron.

Lord Byron, m'a-t-on dit, n'est qu'un comédien (21).
Moore l'a laissé croire aux âmes les plus hautes (22),
Les liens de l'hymen furent son nœud gordien :
Son génie est né de ses fautes !

—

LXXXIII.

Sur madame Clémence Robert.

Pour compenser le tort qu'aux serfs font les gabelles,
Pour rendre aux malheureux leurs deniers parisis,
Forte des leçons d'Azaïs,
Clémence arme à plaisir gueux et manants rebelles.
Qu'elle fasse piller, sous les yeux du grand roi,
Les seigneurs par le populaire,
Le public ne prend pas sa *coutume* pour loi ;
Il ne pille point son libraire !

—

LXXXXIV.

SUR BOCAGE.

Bocage dont le nez vient en aide à la bouche,
Bocage, type heureux de tous les Buridans,
    Dégagé comme un Scaramouche,
    Ne nous parle qu'entre ses dents!
Plus libre que les rois en marbre de Livourne,
    Bien qu'il ait moins de chair que d'os,
Chaque soir au public il court tourner le dos,
    Pour que le public le lui tourne.

—

LXXXXV.

Sur Henri Monnier.

Il est dessinateur, il est comédien,
    Il est auteur pour n'être rien.
    Prudhomme est son type suprême;
    Il s'y dut long-temps attacher;
Pourquoi? c'est qu'en allant dans autrui le chercher,
    Il ne le trouva qu'en lui-même.

—

LXXXXVI.

Sur Saintine.

Voyez l'auteur original!
Où lui trouverons-nous sa place?...
Il est Socrate (23), il est Arnal,
En attendant qu'il soit Paillasse.

LXXXXVII.

Billet d'une petite nièce de Charlotte Corday

A L'AUTEUR DES GUÊPES.

Oui, Karr, oui, mes yeux encor pleurent;
Tes *Guêpes*, dans leur vaste effort,
M'ont lancé l'aiguillon si fort,
Que je crains bien qu'elles n'en meurent.

LXXXXVIII.

SUR BOILEAU.

Boileau qui s'habilla de la satire antique,
Boileau, l'homme du goût, n'est qu'un geai poétique.

Que l'on supprime Perse, Horace et Juvenal,
Il ne nous reste plus qu'un pauvre original.
Don Quichotte du vers, trop souvent il décèle
Qu'il croit sauver la France en tuant la *Pucelle* ;
Aussi, correct auteur, surpris au pied du mur,
Court-il tomber lui-même au siége de Namur (24).

LXXXXIX.

Sur Gilbert.

Moins correct que Boileau, mais aussi plus poète,
Au monde avec franchise il sut payer sa dette.
Jamais il ne s'arma d'un sourire moqueur :
La satire chez lui fut la plainte du cœur !
Il eût trouvé du pain sur l'Encyclopédie
Si sa plume avait pu flatter la perfidie !...
Que ne se borna-t-il à cultiver un champ,
Sans aller sur le vice ébrécher son tranchant !
S'il n'eût pas fait si bien vibrer sa noble lyre,
La France n'aurait point à citer son martyre !...
Oui, celui qui veut trop servir l'humanité,
Doit s'attendre à mourir avec la vérité !

C.

Sur Arthus Fleury.

Fleury, sur qui le *Figaro*
A quelquefois crié *haro !*

Se fait chevalier de la strophe.
Le bonhomme marchant contre l'esprit du jour,
En rimant des vers sur l'amour,
Ne craint-il pas quelque apostrophe ?
Courant du nord au sud, courant du sud au nord,
En la liste des beaux ouvrages
Qui dans sa tête sont encor,
Il annonce un de ses voyages
Que de Paris à Rome il fit d'un pied gaillard
Sous le soleil et le brouillard.
Bien qu'il fut à l'auberge où demeura Montaigne,
Nous doutons que jamais il loge à son enseigne.
Nous ignorons encor ce que son écrit vaut,
Mais jugeant le docteur par son dernier volume,
Nous pouvons lui dire tout haut
Que ses jambes l'auront mieux servi que sa plume.

—

CI.

DEUX MARIS.

Conte imité de l'anglais.

Une reine de Cochinchine,
Mettant l'honneur d'accord avec la passion,
Prit, s'en faisant une machine,
Pour époux un principion.
Dans son Inde, la loi salique
N'étant en vigueur nullement,
Femme y naît pour veiller sur la chose publique.
Et règne, le Ciel sait comment...
Déjà, les mandarins enviaient la fortune
Du noble eunuque en royauté,
Sans juger que rien n'importune

Autant que la faveur d'une haute beauté.
Belle, dans la vie ordinaire,
De son caprice est forte assez,
Sans qu'assis près du trône, époux trop débonnaire,
Par elle il faille voir tous les droits exercés.
Aussi, dans sa grandeur, le Servant de la reine,
Aux arrêts, quelquefois, obligé de rester,
Se disait : « Mon Dieu ! quelle étrenne
L'hymen est venu m'apporter!
Quel beau rôle, aujourd'hui, je joue !
Ah ! combien j'étais plus heureux
Avant qu'une royale joue
M'eût ordonné d'être amoureux.
Libre de me mettre en campagne,
Je pouvais être un conquérant;
J'ai voulu prendre une montagne,
Et j'ai roulé dans le torrent.
Traité comme un kalmuck dans l'empire céleste,
Jamais content, toujours battu,
Je sens que ma compagne a, parfois, la main leste,
Quand je vais d'une femme éprouver la vertu !...
Etranger à la paix, étranger à la guerre,
Si, par quelqne vieux goût flamand,
Je convoite, à fumer, le plaisir du vulgaire,
J'en suis empêché par firman !...
Grand Turc, tu peux nager dans tes flots de fumée ;
Six cents femmes toujours craignent ton nom puissant;
La mienne, contre moi, plus forte qu'une armée,
M'égratigne en me caressant.
Les Trois-quarts de moi-même ont tant de jalousie
Qu'ils vont fouiller dans mon colback,
Pour voir si par hasard quelque épitre choisie
N'enveloppe pas mon tabac ! »
Le principion, en ces termes,
Exhalait sa bile souvent,
Usant, de loin, de moyens fermes

Que, de près, emportait le vent.
Un jour, qu'échappé seul, il courait le royaume,
Sur le bord d'un étang, versé par son cocher,
Dans une masure de chaume
Il entra, dit l'histoire, afin de se sécher.
Le maître du logis, sabotier de naissance,
Semblant mener de front le travail et l'amour,
A sa femme faisait connaître sa puissance
Sans se comporter en vautour.
Là, chacun partageant le tracas du ménage,
Se tenait dans son attribut,
Et, plus franc qu'un grand personnage,
Savait aller droit à son but.
Voyant l'égalité dans cette humble boutique,
Monseigneur eût voulu, de son siége doré,
Pouvoir descendre, et, sous un toit rustique,
Oublier son lit politique
Pour rappeler à lui son nom d'homme enterré !
Comme Henri-Quatre et le roi Jacques,
Il se fût trouvé bien avec les bonnes gens ;
Il eût même, chez eux, dans un coin, fait la Pâques,
S'il n'avait pas craint les sergents.
« Libre, dit-il tout haut, c'est alors que l'on règne !
Libre, qu'on est heureux ! Se peut-il que l'on plaigne
La douce médiocrité
Où l'homme, en son repos, n'est pas inquiété !...
Paysans, aidez-vous à porter votre chaîne,
Pour moi, le triste époux de votre souveraine,
Je suis l'esclave-né de son autorité !
Je n'ai pas, il est vrai, ma fatale fenêtre (25),
Jugez, pourtant, mon état, s'il vous plaît :
De ma reine, la nuit, je suis presque le maître,
Et, le jour, je suis son valet ! »
Lors, mettant le poing sur sa hanche,
Le sabotier répond : « Je n'ai pas votre nom,
Mais Margot serait noire ou blanche,

Qu'au chant du coq toujours je prendrais mon canon.
Qu'entre ses dents elle gazouille,
Rien de mieux : mais, sur moi, si, prétendant régner,
Elle voulait changer notre sceptre en quenouille,
Je lui montrerais bien qu'elle n'y peut gagner!
Du reste, ce n'est pas ainsi qu'est ma princesse ;
Quand nous faisons notre devoir,
La nuit, elle est souvent maîtresse,
Mais, au jour, à moi le pouvoir!
Vous vous êtes chaussé trop juste,
Prince ; ici-bas, chacun son lot :
Il ne suffit pas d'être auguste,
Il faut savoir se mettre à l'aise en son sabot!

—

ÉPILOGUE.

Suspends ton petit travail, Muse;
Des grands hommes plus ne t'amuse (26).
Laisse à chacun suivre son flot;
Autrement crains quelque complot.
Un ami ne pardonne guère
Qu'on lui fasse tout haut la guerre.
Comme tous, n'as-tu ton défaut
Qui t'occupe autant qu'il le faut?
Respecte jeunes, vieilles têtes :
Pour médire en un virelai,
Le Prince de la Tour du Lay
N'est pas le prince des poètes!

—

NOTES.

(1) Il est à regretter qu'un talent comme celui de M. de Châteaubriand n'ait pas cherché à édifier sur les bases d'un temple unique, universel. Cela eût mieux valu que de faire l'apologie d'un culte au détriment de tous les autres. Il y a une religion mère, une religion naturelle qui est dans le cœur de chacun, et qui risque moins de nous tromper que celles qui sont sorties de notre superstition. Tous les hommes s'entendent par le fond, il n'y a que la forme qui les divise.

Je trouve plus jour à faire un cœur religieux et moral avec une page de *la Profession de foi du vicaire savoyard* de J.-J. Rousseau et la chanson du *Dieu des bonnes gens* de notre poète Béranger qu'avec toutes les saintes œuvres de M. de Châteaubriand. L'auteur du *Génie du christianisme* est, selon nous, l'écrivain qui nous égare le mieux par les sentiments. Je l'admire, mais je ne le suis pas toujours dans le dédale dont il dit connaître tous les détours quand tant d'autres s'y perdent. Les jésuites lui devraient bien de la reconnaissance pour leur défense qu'il a prise. Les jésuites... mais ils sont les premiers à l'attaquer, les malheureux! comme le cerf de la fable, ils ne s'aperçoivent pas qu'ils rongent la vigne qui les couvre.

(2) On doit voir que nous ne parlons pas ici de la Rome libre des Scipions, mais de la Rome opprimée des Césars.

(3) Quelques amis m'ont blâmé de ne m'être pas attaqué à M. Victor Hugo dans un livre qu'ils regardent comme une épigramme contre tout le monde; pour les contenter je relègue dans cette note, quelques vers que je n'ai pas cru devoir mettre dans le corps de l'ouvrage, à cause du respect que j'ai toujours eu pour les œuvres de l'auteur de *Notre-Dame de Paris*.

Père de Triboulet et de Quasimodo,
Du sceptre romantique il porte le fardeau,
Ses héros ne sont pas délaissés dans leur niche :
L'un vit avec un ours, l'autre avec un caniche.
Il plairait souvent plus s'il était moins local,
S'il tirait moins souvent le poison du bocal.
Les borgnes, les bossus sont ses hommes d'élite !
Un crapaud, sous sa plume, aurait quelque mérite !
Comme auteur il pourrait diriger Israël,
S'il n'évoquait pas tant la vengeance du ciel !

(4) On sait que Molière ne fut pas admis à faire partie de l'Académie, parce qu'il était comédien. Ce fut peut-être calcul de la part de messieurs de la docte corporation. Ils eussent été trop petits à côté de lui.

(5) Voyez la ballade à la Lune.

(6) Il est malheureux qu'un homme de mérite, comme Alphonse Karr, gaspille en futilités un talent qu'il devrait employer beaucoup plus sérieusement. *Gil-Blas* est à refaire : l'auteur des *Guêpes* pourrait seul, je crois, se tirer avec honneur d'une semblable tâche. Au lieu de se mettre à l'affût de petites misères, faibles ombres dans la couleur d'une époque, pourquoi ne prend-il de haut nos mœurs et nos grands travers? Pourquoi ne nous donne-t-il pas un livre, mais un livre durable? C'est que forcé peut-être de travailler pour manger, il écrit pour le public qui achète, pour le public qui veut qu'on *l'amuse*; qui n'aime pas à ce qu'on le fatigue en lui offrant l'occasion de penser et de réfléchir. Les écrivains médiocres, du reste, trouvent leur compte à la triste révolution qui s'opère dans l'esprit des masses. Elle leur permet d'être nuls pour contenter bien des gens.

(7) Le *Morne au Diable*. Nous avons vu plus fort tour de force dans l'œuvre d'un panégyriste de l'émancipation. L'ardent négrophile nous dit que pendant les huit heures de travail où le timide esclave se tue à labourer au soleil, son féroce maître, nonchalamment étendu à l'ombre d'un *ananas*, lui fait donner

ses vingt-neuf coups de fouet pour se récréer. Il est bon de dire ici que l'ananas est haut comme une giroflée. Voilà pourtant l'erreur dans laquelle s'exposent à tomber les auteurs qui veulent toujours parler de ce qu'ils n'ont pas vu.

(8) Nous ne savons comment finira la réaction jésuitique qui nous menace. Si j'étais un élève de Machiavel, je conseillerais au gouvernement de faire en sorte que le peuple eut le plus possible à souffrir de leur ambition; puis, quand les intendants du Christ se seraient bien enrichis à voler leur maître, j'engagerais le pouvoir à séquestrer leurs biens. Ce serait un impôt tout trouvé qui pourrait d'autant soulager le pays et dont une nation tiendrait peut-être compte à ses gouvernants.

(9) Ces vers sont pris de la *Comédie des Plaideurs* de Racine.

(10) Qu'on pardonne à l'auteur de comparer ici lord Wellington à Annibal. C'est la rime qui l'oblige à le faire. Si Bulow, avec ses trente mille hommes, à Waterloo, n'eut pas l'honneur d'avoir remporté la victoire, quand la défaite du noble duc était déjà consommée, c'est par la raison qu'il y a toujours des voleurs de réputation.

(11) Voici ce qu'en effet dit Montesquieu de ce prince: « Le portrait de Tarquin n'a pas été flatté; son nom n'a échappé à aucun des orateurs qui ont eu à parler contre la tyrannie. Mais sa conduite avant son malheur, que l'on voit qu'il prévoyait; sa douceur pour les peuples vaincus; sa libéralité envers les soldats; cet art qu'il eut d'intéresser tant de gens à sa conservation; ses ouvrages publics; son courage à la guerre; sa constance dans son malheur; une guerre de vingt ans qu'il fit, ou qu'il fit faire au peuple romain, sans royaume et sans biens; ses continuelles ressources, font bien voir que ce n'était pas un homme méprisable.

Les places que la postérité donne sont sujettes,

comme les autres, aux caprices de la fortune. Malheur à la réputation de tout prince qui est opprimé par un parti qui devient le dominant, ou qui a tenté de détruire un préjugé qui lui survit! »

(12) M. Mollevant donne, sur ses cartes de visite, la liste des nombreux ouvrages qu'il a composés et traduits. Son nom ainsi enclavé dans cette longue énumération, ressemble au titre d'un journal entre ses annonces d'abonnement. Il ne manque à cette espèce d'écriteau burlesque, qu'un encadrement ou bande noire en signe du deuil que peuvent porter tous les poètes qu'il a massacrés.

(13) Nous prions M. Emile Deschamps de ne pas prendre au sérieux une petite boutade lancée moins contre lui que contre quelques *rapetasseurs de vieilles ferrailles latines*; nous savons, autant que personne, rendre hommage au talent noble et gracieux de cet aimable auteur. Qu'il nous pardonne l'entrée *de l'âne dans un moulin*. C'est un léger souvenir d'une expression du vigneron Paul Louis qui se montrait chatouilleux et brutal toutes les fois que la vigne venait à couler.

(14) Allusion au siége de cette ville, par Ignace de Loyola, fondateur de l'Ordre.

(15) Étant Espagnol d'origine, mais ayant toujours habité la France, il n'est pas étonnant que l'auteur des *Frères de la Côte* connaisse mieux le *Français* que le *Castillan*. Tout le monde n'est pas Mithridate, ne parle pas vingt-deux langues.

(16) On sait que M. Delaroche, par calcul ou autrement, trouve toujours moyen d'escamoter les yeux des héros qu'il place sur ses toiles. C'est un parti qui semble si bien pris chez lui que les Cyclopes même n'auraient pas gain de cause avec sa palette.

(17) M. Lurine est le directeur du livre-revue qui a pour titre les *Rues de Paris*.

(18) M. Ingres.

(19) Allusion à son plaidoyer dans le procès La Roncière.

(20) On sait que George Sand n'est autre que madame Du Devant.

(21) En 1840, je fis à Naples la rencontre d'un cousin de Walter Scott. Il était accompagné d'un ami qui, dans une discussion sur Byron, me dit que l'illustre lord n'avait jamais été qu'un acteur. Je répondis que le seul reproche qu'on pût faire au poète était de ne pas avoir su mettre d'ordre dans les sentiments qui débordaient de son cœur ; que chez lui, comme dans toutes les grandes organisations, la force du tempérament devait être en rapport avec la puissance de l'imagination ; que sa vie, désordre d'amour et de passion, n'était que la conséquence d'une prévoyance de la nature que les principes de la société peuvent quelquefois accuser, mais à laquelle un cœur, un esprit qui raisonne doit toujours savoir pardonner.

(22) Moore, par faiblesse pour la famille de lady Byron, tronqua les mémoires de son ami qui l'avait cependant bien prié de les publier intacts après sa mort; le monde, disait-il, devant y voir sa justification.

(23) M. Saintine a obtenu le prix Monthyon pour son joli roman de *Picciola*. En revanche il a été quelquefois sifflé pour ses charges de vaudeville.

(24) Boileau, que tant d'érudits se plaisent à nous citer comme un très grand poète, ne fut et ne sera jamais qu'un habile versificateur. Il se préoccupait trop de la forme pour avoir un fond bien solide, un cachet à lui, une vive vigueur dans l'imagination. Un style brillant et pur est une grande qualité, sans doute, mais lorsque rien n'est dessous pour le rehausser il ressemble à ces belles coupes qu'on donne aux étoffes de pacotille. La première condition pour écrire est de sentir; c'est ce dont se douta fort peu l'auteur du *Lutrin* qui travailla plus avec sa tête qu'avec son

cœur. Chapelain qu'il a tant bafoué et qu'on ne pourrait entièrement lire aujourd'hui après la révolution qu'ont faite la langue et le goût, Chapelain a sur lui l'avantage de montrer par instants une certaine science de cœur, des intentions élevées qu'un peu plus de tact et de métier n'auraient certes pas fait tomber sous une épigramme. Si c'était ici la place d'offrir au lecteur l'occasion de juger ces deux poètes, nous mettrions en regard l'un de l'autre quelques passages de leurs œuvres. Nous réservons cela pour plus tard.

(25) La fenêtre par laquelle Cromwel fit sortir Charles Ier pour le conduire à l'échafaud.

(26) Le reproche fait par le poète à sa Muse, est peut-être injuste; il n'est pas dans un caractère plus sérieux que bouffon de se jouer de ce qui est réellement beau. C'est dans le désir de rendre hommage aux grands hommes, sans faire du tort aux petits, que cette Muse va chercher chez les morts ce qu'elle aurait grand plaisir à trouver chez les vivants. C'est aussi pour tirer d'embarras l'auteur qu'elle se jette dans le passé tout autant que dans le présent : elle l'aide par là à justifier le titre de son livre, dont, sans cette ressource, il eût fallu supprimer la première partie.

Exceptons toutefois quelques noms, dont notre prince proclame tout haut le mérite, ne fût-ce que pour n'être pas taxé d'ignorant ou d'envieux.

FIN.

BIBLIOTHEQUE ROYALE
I

IMPRIMERIE LANGE LÉVY ET COMP., RUE DU CROISSANT, 16.

17

www.ingramcontent.com/pod-product-compliance
Lightning Source LLC
LaVergne TN
LVHW050426160826
845677LV00002BA/565

* 9 7 8 2 3 2 9 6 9 3 2 3 1 *